रुत

रुत

राहत इन्दौरी

वाणी प्रकाशन

वाणी प्रकाशन
4695, 21-ए, दरियागंज, नयी दिल्ली 110 002
फ़ोन : +91 11 23273167 फ़ैक्स : +91 11 23275710
शाखाएँ
अशोक राजपथ, पटना 800 004, बिहार
कॉफ़ी हाउस कैम्पस, महात्मा गांधी मार्ग, इलाहाबाद 211 001, उत्तर प्रदेश
महात्मा गांधी अन्तरराष्ट्रीय हिन्दी विश्वविद्यालय, वर्धा 442 001, महाराष्ट्र
www.vaniprakashan.in
marketing@vaniprakashan.in
sales@vaniprakashan.in

RUT
by Rahat Indori

ISBN : 978-93-86799-07-4
Ghazals

प्रथम संस्करण 2017
आवृत्ति 2018

मूल्य : ₹ 395

सिटी प्रेस, दिल्ली-110 095 में मुद्रित

वाणी प्रकाशन का लोगो मक़बूल फ़िदा हुसेन की कूची से

भूमिका

मैं...मुसलसल सफ़र में हूँ...पैरों में लगज़िश और दिल में खौफ़...सामने पहाड़ों की तरह रास्ता रोके हुए अल्फ़ाज़ ओ म'आनी...लेकिन मुझे चलते रहना है, बैसाखियों के बग़ैर, रास्ता भी तो ख़ुद मैंने चुना है...हथेली पर बिखरी हुई, उलझी हुई लकीरों की तरह उलझा हुआ रास्ता...मेरी रफ़्तार से कुछ लोग बेचैन हैं...हुआ करें...मैं तो मुतमईन हूँ, अपनी लहूलुहान ज़िन्दगी से...चलते रहने की आदत मेरे शऊर की देन है, मुल्क जब आज़ाद हुआ मुझे ज़िन्दगी ने क़ैद कर लिया...हाथों में मशक्कतों के छाले और पाँव में रिवाजों की बेड़ियाँ...लेकिन, छलाँग लगाकर आगे बढ़ने का ख़तरा मोल नहीं लिया जा सकता...ख़ुदा को गालियाँ देकर और देवताओं को सिक्कों की चमक दिखाकर पहाड़ों और खाइयों से आँखें बन्द कर के गुज़र जाना कुछ ज़्यादा मुश्किल नहीं (शायद इन दिनों फ़ैशन भी है) लेकिन ये रस्म मुझसे अदा न हो सकेगी...

धूप, दश्त, प्यास और मैं तन्हा...मैंने अपने आपको अकेला पाया, एक-एक हर्फ़ की तरह बेलिबास, बे-साज़-ओ-सामान...मालवे की हसीन रात से मुट्ठी भर उजालों की भीख माँगी थी, लेकिन कालिदास की सरज़मीं से शब्दों की महरूमी नसीब हुई और भयानक काली रात मेरे आँगन में उतर आयी...जलती दोपहर से साये की तमन्ना की...तो अपने वजूद को भी खोना पड़ा...ऊँघती रातों के ख़्वाब ज़िन्दगी के ज़ख़्म बन गये... कतरा-कतरा रोशनाई के लिए समन्दरों की ज़ंजीरें हिलाईं...लेकिन वहाँ भी चमकती रेत के सिवा क्या था...

तशकीक की राहें हैं और मेरा सफ़र...राह में कितने ही लोग नज़र आये...क़दीम, जदीद, बुज़ुर्ग, नौजवान, नौवारिद, आसुदा, नाआसुदा, बहुत से मकामात देखे...वो भी जहाँ 'बहरे ज़ुल्मात' में दौड़ते हुए घोड़ों के टापों की

आवाज़ें सुनाई देती हैं...और वो मुकाम भी जहाँ "दिल के धड़कने की भी आवाज़" नहीं आती...वो जगह भी जहाँ इंक़लाब ज़िन्दाबाद के बोर्ड आवेज़ाँ हैं और चारागरी के नाम पर ज़ख़्मों की दुकानें सजी रहती हैं...कोई किरदार की मस्ती में गुम, कोई पिंदार के नश्शे में ख़्वा...कोई रियाकारी का सौदागर, कोई मज़हब का ठेकेदार...किसी की पेशानी पर सज्दों के निशान, कोई तिलक लगाये शंकर का उपासक...कोई खालिस सियासी खद्दर के लिबास में मलबूस...किसी को फटे हुए कमीज़ की शिकायत, किसी के लिबास में एक शिकन भी नहीं...कोई बहुत खुलकर मिला, किसी ने ख़्वाबों में मिलने का वादा किया...किसी के पास शराबख़ानों के दस्तावेज़, किसी के पास दश्त की प्यास...किसी को यादों के उजालों की तलाश, किसी को हमनवा की ज़रूरत...जी चाहा के इन तमाम लेबलों को नोच कर फेंक दूँ...खुदा को देखना ही है तो ऐनकों का सहारा क्यूँ लिया जाये...नंगी आँखों से जहाँ तक देख पाऊँ वहीं मैं अपना मन्दिर, मस्जिद, गुरुद्वारा बना दूँ...

ख़ैर...कुछ ना समझे ख़ुदा करे कोई...

मैं ख़ुद से भी अक्सर मिला...लेकिन मायूसी हुई...शिकस्ता शिकस्ता टूटे हुए आईनों को जोड़ने की कोशिश की तो उँगलियाँ फ़िगार हो गयीं...ख़ुद से मुलाक़ात करना बहुत महँगा सौदा है...सोचता हूँ ये सफ़रनामा किस से मंसूब करूँ...सराबों का मुकद्दर हूँ, लेकिन तजुर्बों की धूप समेट लाया हूँ...सफ़र तवील है...ठोकर लगने का भी अन्देशा है...लेकिन...ठोकरों का एहसास किसे होता है...काश मुझे हो...

अब एक आध क़दम का हिसाब क्या रखना
अभी तलक तो वही फ़ासला लगे है मुझे...

(जाँ निसार अख़्तर)

नवम्बर, 1976

मुसाफ़िर
राहत

डॉ. राहत इन्दौरी की शायरी की पहली किताब 'धूप धूप' की भूमिका

...लेकिन, इस फ़ासले ने भी मुझे बेचैन नहीं किया...शायद मैंने महसूस कर लिया था के ग़ज़ल के वास्ते ये फ़ासला ज़रूरी है...सो ये ऐलान भी किया के ज़मीं पे रेंगते रहने की मुझको आदत है और लोगों से कन्नी भी काटी, जो सवारियों वाले थे...अपने जिस्म से ज़मीं नापने का अमल ज़रा उबाऊ ज़रूर रहा लेकिन ज़िन्दगी की ठीक से देखभाल करने का मौक़ा मिला...अन्दाज़ा हुआ के कई नये शहर और नये मुल्क आबाद हो चुके हैं...नये बाज़ारों और नयी दुकानों में नाम की धूम मची हुई है, ख़रीदारों की मोहताजी भी नहीं और बिकने की आरज़ू भी नहीं...लेकिन इतमीनान ये के शाम से पहले शाम नहीं हुई...कहानी सुनने वाले भी मौजूद हैं और कहानी के किरदार भी साँस ले रहे हैं...हाँ, कभी-कभी ये उलझन ज़रूर रही के दरवाज़ों पर दस्तक दें तो कैसे दें...घर वालों की मौजूदगी और घर ग़ायब...लोगों की मौजूदगी ने हौसले बढ़ाये...

ज़ुबान बन्द होने के एहकामात—लेकिन बोलते रहने की आदत, फिर भी जो नहीं जाना वो नहीं कहा...बल्कि जो जाना वो भी सबका सब नहीं कहा...यही अकवाल समझने और पढ़ने को मिले जो किताबों पर भारी रहे...हवा को गले लगाकर ये कहना—अपना कौन और पराया कौन...कैसी कठिन घड़ी है, धूप को उसकी और साये को उसकी औकात याद दिलाते रहना...

चरागों पे हमारे दावे और रोशनियों पर किसी और का कब्ज़ा...चाँद सूरज कभी-कभार घर के रोशनदान से आँखें मारते रहे और ग़ायब होते रहे, लेकिन अच्छी-बुरी जैसी भी ज़ुबान थी लोगों के सामने रहे—सहीफ़ों की

तरह जुज़दान में बँधे रहने से यही बेहतर था...लोगों की तरफ़ उँगलियाँ उठाना गलत था...के...हम कहाँ के धुले धुलाये थे...

मौसम...एक उमस के आदी हैं—ना धूप की ख़ुशबू, ना छांव का सन्दल...इन्तज़ार इन्तज़ार और इन्तज़ार...कोई तो अपने जैसा पागल मिले जिससे बात कर सकें...ख़्वाबों से रिश्तेदारी और नींदों से दुश्मनी...महाबली से बगावत करना महँगा सौदा रहा, सारी दुनिया मुरझाई मुरझाई...बारिश, दरिया, शबनम, समन्दर, आँसू, पानी ही पानी...जैसी मीर तक़ी की महफिल थी—हाल अब भी वही है मजलिस का...

अब अनगिनत शबों का हिसाब करता हूँ तो एक ही जवाब आता है... हमने गुल भी बहुत खिलाये थे...जिन ज़मीनों के वारिस होने का दावा...वो ज़मीनें हमें गोद लेने का ऐलान कर रही हैं...लोग उदासी का सबब पूछते हैं—क्या जवाब दें...हम सोना हैं और ज़माना पीतल का...ग़ालिब दिमाग़ और यगाना सोच—जाने कब सच का सामना हो जाये...मिसवाकों से चाँद को छूते हुए जन्नत की कीमत का अन्दाज़ा हुआ...बेकीमत चीजों के खरीदने की ख़्वाहिश का नतीजा...अब सूखे हुए समन्दरों पर कौन पानी पीने आता है, छतरियाँ खोले, दरख़्तों के नीचे धूप की कहानी सुनिये और रोटियों की गोलाइयाँ नापते रहिए...

बाकी...

इन्दौर **डॉ. राहत इन्दौरी**

नवम्बर, 2016

अनुक्रम

ग़ज़ल

क्या तूने नहीं देखा, दरिया की रवानी में,
बहते हुए पानी में, तेवर भी तो उसका है,
तू नूह का बेटा है, कुछ बस में नहीं तेरे,
कश्ती भी तो उसकी है, लंगर भी तो उसका है...

सूरज के निकलने से, तारों के बिखरने तक,
मौजों के थपेड़ों से, तूफ़ाँ के ठहरने तक,
गुंचों के महकने से, कलियों के चटकने तक,
क्या तूने नहीं देखा, पैकर भी तो उसका है...

अज़मत से हक़ीक़त से, मुँह मोड़ना चाहा था,
कुछ हाथियों वालों ने घर तोड़ना चाहा था,
क्या तूने नहीं देखा? कमज़ोर परिन्दों ने,
किस तरह हिफाज़त की, वो घर भी तो उसका है...

क्या तूने नहीं देखा? क्या देख लिया तूने?
उसके ही इशारे पर, ये सारे तमाशे हैं,
वो धूप का मालिक है, वो छाँव का ख़ालिक़ है,
आँखें भी तो उसकी हैं, मंज़र भी तो उसका है...

क्या तूने नहीं देखा? वो खाक के ज़र्रों से
सूरज भी बनाता है, तारे भी बनाता है,
मैं क्या हूँ, मेरा क्या है, मिट्टी ही समझ मुझको,
पत्थर ही सही लेकिन, पत्थर भी तो उसका है...

मेरे पयम्बर का नाम है जो मेरी ज़ुबाँ पे चमक रहा है
गले से किरणें निकल रही हैं, लबों से ज़मज़म छलक रहा है

मैं रात के आखरी पहर में जब आपकी नात लिख रहा था
लगा के अल्फाज़ जी उठे हैं लगा के काग़ज़ धड़क रहा है

सब अपनी अपनी ज़ुबाँ में अपने रसूल का ज़िक्र कर रहे हैं
फलक पे तारे चमक रहे हैं, शजर पे पत्ता खड़क रहा है

यहाँ अली भी हैं, फातमा भी, हसन भी हैं और हुसैन भी हैं,
तमाम मगरिब, तमाम मशरिक़, नबी का गुलशन महक रहा है

ज़मीन महरूम ही रही है, हमेशा पा'बोसिए नबी से,
जहाँ क़दम आपके पड़े हैं, वहाँ वहाँ तो फ़लक रहा है

मेरे नबी की दुआएँ हैं ये, मेरे ख़ुदा की अताएँ हैं ये,
कि ख़ुश्क मिट्टी का ठिकरा भी, हयात बन कर खनक रहा है

अगर नसीब करीब ए दर ए नबी हो जाये
मेरी हयात मेरी उम्र से बड़ी हो जाये

गुज़रता कैसे है एक एक पल मदीने में
अगर सुनाने पे आऊँ तो एक सदी हो जाये

दर ए हबीब से हर बार वापसी के वक़्त
दुआ ये माँगी के एक और हाज़री हो जाये

अँधेरे पाँव ना फैला सकें ज़माने में
दरूद पढ़िए के हर सिम्त रोशनी हो जाये

कबूतरों के मैं दाने समेट लाया था
इसी बहाने सितारों से दोस्ती हो जाये

मैं मीम हे लिखूँ फिर मीम लिखूँ दाल लिखूँ
ख़ुदा करे के यूँ ही खत्म ज़िन्दगी हो जाये

जहाँ से गुज़रो धुआँ बिछा दो, जहाँ भी पहुँचो धमाल कर दो,
तुम्हें सियासत ने हक दिया है, हरी ज़मीनों को लाल कर दो

मोहब्बतों का हूँ मैं सवाली, मुझे भी एक दिन निहाल कर दो,
नज़र मिलाओ, नज़र मिला कर, फकीर को मालामाल कर दो...

अपील भी तुम, दलील भी तुम, गवाह भी तुम, वकील भी तुम,
जिसे भी चाहो हराम लिख दो, जिसे भी चाहो हलाल कर दो...

है सादगी में अगर ये आलम, के जैसे बिजली चमक रही है,
जो बन सँवर के सड़क पे निकलो, तो शहर भर में धमाल कर दो...

तुम्ही सनम हो, तुम्ही ख़ुदा हो, वफ़ा भी तुम हो, तुम ही जफा हो,
सितम करो तो मिसाल कर दो, करम करो तो कमाल कर दो...

तुम्हें किसी की कहाँ है परवाह, तुम्हारे वादे का क्या भरोसा,
जो पल की कह दो तो कल बना दो, जो कल की कह दो तो साल कर दो...

अभी लगेगी नयी नयी सी, ये इक फज़ा है जो सुरमई सी,
जो ज़ुल्फ़ चेहरे से तुम हटा लो, तो सारा मंज़र गुलाल कर दो...

कई दिनों से अँधेरों का बोलबाला है
चराग ले के पुकारो, कहाँ उजाला है...

ख़याल में भी तेरा अक्स देखने के बाद,
जो शख़्स होश गँवा दे, वो होश वाला है...

जवाब देने के अन्दाज़ भी निराले हैं,
सलाम करने का अन्दाज़ भी निराला है...

सुनहरी धूप है सदका तेरे तबस्सुम का,
ये चाँदनी तेरी परछाइ का उजाला है...

मैं तुझ को कुफ्र से तशबीह दूँ के इमाँ से,
पता नहीं के तू मस्जिद है या शिवाला है...

मज़ाक़ उड़ाते हैं पानी के बुलबुले उसका,
जिस आदमी ने समन्दर निचोड़ डाला है...

है तेरे पैरों की आहट ज़मीन की गर्दिश,
ये आसमाँ तेरी अँगड़ाई का हवाला है...

सूरज सितारे चाँद मेरे साथ में रहे,
जब तक तुम्हारे हाथ मेरे हाथ में रहे...

साँसों की तरह साथ रहे सारी ज़िन्दगी,
तुम ख़्वाब से गये तो ख़यालात में रहे...

हर बूँद तीर बन के उतरती है रूह में,
तन्हा मेरी तरह कोई बरसात में रहे...

वो चाँद है तो होने का अपने सबूत दे,
मेहमान बन के छत पे मेरे साथ में रहे...

हर रंग हर मिजाज़ में पाया है आपको,
मौसम तमाम आपकी खिदमात में रहे...

शाखों से टूट जाएँ वो पत्ते नहीं हैं हम,
आँधी से कोई कह दे के औकात में रहे...

क्या ख़रीदोगे ये बाज़ार बहुत महँगा है,
प्यार की ज़िद न करो प्यार बहुत महँगा है...

चाहने वालों की एक भीड़ लगी रहती है,
आजकल आपका दीदार बहुत महँगा है...

इश्क में वादा निभाना कोई आसान नहीं,
करके पछताओगे इकरार बहुत महँगा है...

आज तक तुमने खिलौने ही खरीदे होंगे,
दिल है ये दिल मेरे सरकार बहुत महँगा है...

दे के ताज और हुकूमत भी ख़रीदा न गया,
आज मालूम हुआ प्यार बहुत महँगा है...

हम सुकूँ ढूँढ़ने आये थे दुकानों में मगर,
फिर कभी देखेंगे इस बार बहुत महँगा है...

मुश्किल से हाथों में ख़ज़ाना पड़ता है,
पहले कुछ दिन आना जाना पड़ता है...

ख़ुश रहना आसान नहीं है दुनिया में,
दुश्मन से भी हाथ मिलाना पड़ता है...

इश्क में सचमुच का नहीं तो वादों का,
ताजमहल सबको बनवाना पड़ता है...

यूँ ही नहीं रहता है उजाला बस्ती में,
चाँद बुझे तो घर भी जलाना पड़ता है...

तुम क्या जानो तन्हा कैसे जीते हैं,
दीवारों से सर टकराना पड़ता है...

तू भी फलों का दावेदार निकल आया,
बेटा पहले पेड़ लगाना पड़ता है...

मुश्किल फन है ग़ज़लों की रोटी खाना,
बेहरों को भी शेर सुनाना पड़ता है...

प्यार का रिश्ता कितना गहरा लगता है,
हर चेहरा अब तेरा चेहरा लगता है...

तुमने हाथ रखा था मेरी आँखों पर,
उस दिन से हर ख़्वाब सुनहरा लगता है...

उस तक आसानी से पहुँचना मुश्किल है,
चाँद के दर पर रात का पहरा लगता है...

जबसे तुम परदेस गये हो बस्ती में,
चारों तरफ़ सेहरा ही सेहरा लगता है...

कच्चे घड़े के रिश्ते अब तो ख़त्म हुए,
दरिया भी कुछ ठहरा ठहरा लगता है...

मजबूरी रोने भी नहीं देती मुझको,
दरियाओं पे आज भी पहरा लगता है...

ज़ुल्फ बन कर बिखर गया मौसम,
धूप को छाँव कर गया मौसम...

मैंने पूछी थी खैरियत तेरी,
मुस्कुरा कर गुज़र गया मौसम...

फिर वो चेहरा नज़र नहीं आया,
फिर नज़र से उतर गया मौसम...

तितलियाँ बन के उड़ गयीं रातें,
नींद को ख़्वाब कर गया मौसम...

फूल ही फूल थे निगाहों में,
दाग ही दाग भर गया मौसम...

तुम ना थे तो मुझे पता न चला,
किधर आया किधर गया मौसम...

आप के आने की ख़बर सुन कर,
जाते जाते ठहर गया मौसम...

अभी दिल में दर्द कम है, अभी आँख तर नहीं है,
तेरे गम से मेरा रिश्ता अभी मोतबर नहीं है...

हैं ज़माने भर में चर्चे मेरी सर बुलन्दियों के,
ये इनायतें हैं तेरी ये मेरा हुनर नहीं है...

तुझे लिख के जो ना चूमे, तुझे देख कर ना झूमे,
वो ज़ुबाँ, ज़ुबाँ नहीं है, वो नज़र, नज़र नहीं है...

ये ज़माना लाख गुज़रे नये हादसों से लेकिन,
मैं तेरी पनाह में हूँ, मुझे कोई डर नहीं है...

ये जो आख़िरी सफ़र है यही हासिल ए सफ़र है,
मगर इस सफ़र में अपना कोई हमसफ़र नहीं है...

ज़िन्दगी नाम को हमारी है,
आखरी साँस भी तुम्हारी है...

तेरी चाहत कहाँ पे ले आयी,
तुझसे मिल कर भी बेकरारी है...

मुझसे पूछो चमक सितारों की,
मैंने रो रो के शब गुज़ारी है...

आपके हाथ में लकीरें हैं,
वरना तकदीर तो हमारी है...

एक तस्वीर में हैं दो शक्लें,
या हमारी है, या तुम्हारी है...

दिल मेरा तोड़ते हो, लो तोड़ो,
चीज़ मेरी नहीं तुम्हारी है...

प्यार में वो घड़ी अब ना आये, जब सहारों का दिल टूट जाये,
एक कच्चे घड़े को डुबो कर, दो किनारों का दिल टूट जाये...

बेवफ़ाई के इन पत्थरों से, बेक़रारों का दिल टूट जाये...
आप शायद यही चाहते हैं, के हज़ारों का दिल टूट जाये...

आँसुओं ने कहा बहते बहते, आ भी जाओ उम्मीदों के रहते,
इससे पहले के गम सहते सहते, गम के मारों का दिल टूट जाये...

तुमने पायी है काँटों की फितरत, सौंप दो तुम ख़िज़ाँ को हुकूमत,
चाहे फूलों पे गुज़रे क़यामत, या बहारों का दिल टूट जाये...

जंग है रात और रोशनी की, नब्ज़ ख़ामोश है चाँदनी की,
चाँद से खैरियत पूछ लेना, जब सितारों का दिल टूट जाये...

कम नहीं हैं मुझे हमदमों से, मेरा याराना है इन गमों से,
मैं ख़ुशी को अगर मुँह लगा लूँ, मेरे यारों का दिल टूट जाये...

ना वो रास्ते, ना वो हमसफ़र, ना वो हम रहे, ना वो तुम रहे,
वो जो शहर था, है वही मगर, ना वो हम रहे, ना वो तुम रहे...

जो हमारे दिल पे गुज़र गयी, जो तुम्हारे दिल पे गुज़र गयी,
ना हमें पता ना तुम्हें ख़बर, ना वो हम रहे, ना वो तुम रहे...

हमें फख्र अपने सुलूक पर, तुम्हें नाज़ अपने खुलूस पर,
मगर अपने अपने मुकाम पर, ना वो हम रहे, ना वो तुम रहे...

कभी हम तुम्हारे करीब थे, कभी तुम हमारे हबीब थे,
मगर अब नहीं कोई मोतबर, ना वो हम रहे, ना वो तुम रहे...

कभी रात मन्नतें माँगना, कभी सुबह देर से जागना,
ना वो शब रही ना रही सहर, ना वो हम रहे, ना वो तुम रहे...

जो तआलुक्कात थे क्या हुए, जो तसव्वुरात थे क्या हुए,
के वफ़ा ए इश्क़ के मोड़ पर, ना वो हम रहे, ना वो तुम रहे...

आप हमसे बेखबर ऐसे ना थे,
दिल के दुश्मन थे मगर ऐसे ना थे...

तुम ना थे तो ज़िन्दगी बेरंग थी,
रात दिन शाम ओ सहर ऐसे ना थे...

मंज़िलें दुश्वार थीं कल भी मगर,
रास्ते और हमसफ़र ऐसे ना थे...

अब तो हर खिड़की में रोशन चाँद है,
पहले इस बस्ती में घर ऐसे ना थे...

तेरे दर से उठ के ये हालत हुई,
कल तलक हम दर बदर ऐसे ना थे...

टूटा हुआ दिल तेरे हवाले मेरे अल्लाह,
इस घर को तबाही से बचा ले मेरे अल्लाह...

दुनिया के रिवाजों को भी तोड़ दूँ लेकिन,
एक शख़्स मुझे अपना बना ले मेरे अल्लाह...

वो साथ वो दिन रात वो नगमात वो लम्हे,
लौटा दे मुझे मेरे उजाले मेरे अल्लाह...

मैं जिसके लिए सारे ज़माने से खफा हूँ,
वो ख़ुद ही मुझे आ के मना ले मेरे अल्लाह...

उलझन को बढ़ाते हैं ये उलझे हुए रस्ते,
अब तेरे सिवा कौन सँभाले मेरे अल्लाह...

ये रात ये तूफ़ान ये टूटी हुई कश्ती,
मैं डूबने वाला हूँ बचा ले मेरे अल्लाह...

मैं किसको सदा दूँ जो मेरे ख़्वाब में आकर,
काँटे मेरी पलकों से निकाले मेरे अल्लाह...

आग में फूलने फलने का हुनर जानते हैं,
ना बुझा हमको के जलने का हुनर जानते हैं...

हर नये रंग में ढलने का हुनर जानते हैं,
लोग मौसम में बदलने का हुनर जानते हैं...

आपने सिर्फ़ गिराने की अदा सीखी है,
और हम गिर के सँभलने का हुनर जानते हैं...

क्या समेटेगा हमें वक़्त का गहरा दरिया,
हम किनारों से उबलने का हुनर जानते हैं...

शौक से आयें मेरे साथ मेरे साथ चलें,
आप अगर आग पे चलने का हुनर जानते हैं...

चाल चलने में महारत है यहाँ लोगों को,
और हम बच के निकलने का हुनर जानते हैं...

तोड़ दे ये ख़यालों की बैसाखियाँ और पैरों पे चलने का फन सीख ले,
रुख हवा का बदलने की फिर सोचना, पहले कपड़े बदलने का फन सीख ले...

लोग मौसम की सूरत बदलने लगे, फूल भी अपनी रंगत बदलने लगे,
आईने अपनी फितरत बदलने लगे, तू भी चेहरा बदलने का फन सीख ले...

कोई रस्ता ना देगा तुझे भीड़ में, रेंगते रेंगते उम्र कट जाएगी,
शौक से तू मेरी पीठ पे वार कर, मुझसे आगे निकलने का फन सीख ले...

मुझ पे तेरी नज़र, तुझ पे मेरी नज़र, ये सफ़र में ज़रूरी है ए हमसफ़र,
मैं सँभल कर बहकने का गुर सीख लूँ, तू बहक कर सँभलने का फन सीख ले...

ज़िन्दगी मौत है, मौत है ज़िन्दगी, रोशनी का तसव्वुर भी है रोशनी,
तू है सूरज तो ढलने पे ईमान रख, और दिया है तो जलने का फन सीख ले...

छानते हैं जो गहराई वो हम नहीं, है समन्दर से रिश्ता यही कम नहीं,
ये भी तहज़ीब है इस बड़े शहर की, साहिलों पे टहलने का फन सीख ले...

हैं धुआँ जिस तरह बर्फ़ के दरमियाँ, छाँव में ला के रख धूप की गरमियाँ,
आग से दोस्ती का अगर शौक है, मोम बन कर पिघलने का फन सीख ले...

कितनी पी कैसे कटी रात मुझे होश नहीं,
रात के साथ गयी बात, मुझे होश नहीं...

शब गुज़ार आया हूँ मस्जिद में के मैखाने में
मुझसे पुछो न सवालात मुझे होश नहीं...

मुझको ये भी नहीं मालूम के जाना है कहाँ
थाम ले कोई मेरा हाथ मुझे होश नहीं...

आँसुओं और शराबों में गुज़र है अब तो
मैंने कब देखी थी बरसात मुझे होश नहीं...

जाने क्या टूटा है पैमाना के दिल है मेरा
बिखरे बिखरे हैं ख़यालात मुझे होश नहीं...

मैंने बेहोशी के आलम में बका है क्या क्या
दिल पे लेना न कोई बात मुझे होश नहीं...

जो किताबों ने लिखा, उससे जुदा लिखना था,
लिख के शर्मिन्दा हूँ तुझको के सिवा लिखना था...

चाँद लिक्खा कभी सूरज कभी मौसम लिक्खा,
बात इतनी थी मुझे नाम तेरा लिखना था...

तुझसे मिलने की तमन्ना तुझे छूने की हवस,
यानि बहते हुए पानी पे हवा लिखना था...

मैंने काग़ज़ पे सदा दिल की बिखर जाने दी,
मुझको ये भी नहीं मालूम के क्या लिखना था...

मर्तबा दिल का ग़ज़ल मेरी कसीदा उसका,
कुछ न कुछ आज मुझे मेरे ख़ुदा लिखना था...

इनके सीनों में उजाले ना उतारे होते,
जिन चरागों के मुकद्दर में हवा लिखना था...

पानियों और ज़मीनों को करम लिक्खा है,
आसमानों को मुझे तेरी क़बा लिखना था...

तेरे औसाफ रकम हों ये कहाँ मेरी बिसात,
सिर्फ़ एक रस्म अदा करनी थी क्या लिखना था...

फिर वही मीर से अब तक की सदाओं का तिलिस्म,
हेफ राहत के तुझे कुछ तो नया लिखना था...

दिल बुरी तरह से धड़कता रहा,
वो बराबर मुझे ही तकता रहा...

रोशनी सारी रात कम ना हुई,
तारा पलकों पे एक चमकता रहा...

छू गया जब कभी खयाल तेरा,
दिल मेरा देर तक धड़कता रहा...

कल तेरा ज़िक्र छिड़ गया घर में,
और घर देर तक महकता रहा...

रात हम मैक़दे में जा निकले,
घर का घर शहर में भटकता रहा...

उसके दिल में तो कोई मैल ना था,
मैं ख़ुदा जाने क्यूँ झिझकता रहा...

मुट्ठियाँ मेरी सख़्त होती गयीं,
जितना दामन कोई झटकता रहा...

मीर को पढ़ते पढ़ते सोया था,
रात भर नींद में सिसकता रहा...

जिस्म में क़ैद हैं घरों की तरह,
अपनी हस्ती है मकबरों की तरह

तू नहीं था तो मेरी साँसों ने,
जुल्म ढाये सितमगरों की तरह

अगले वक़्तों के हाफिज़े अक्सर,
मुझको लगते हैं नश्तरों की तरह

और दो चार दिन हयात के हैं,
वो भी कट जाएँगे सरों की तरह

कल कफ़स में ही थे तो अच्छे थे,
आज फिरते हैं बेघरों की तरह

अपने फैलाव पर उछलता है,
क़तरा क़तरा समन्दरों की तरह

बन के सय्याद वक़्त ने राहत,
नोच डाला मुझे परों की तरह

मुस्कुराहट जवाब में रखना,
आँसुओं को नकाब में रखना

ज़िन्दगी सिर्फ़ एक तेरी ख़ातिर,
रूह कब तक अज़ाब में रखना

मैंने ये तय नहीं किया अब तक,
ज़िन्दगी किस हिसाब में रखना

ठोकरें, ज़ुल्मतें, सितम, आँसू,
सारी बातें हिसाब में रखना

जाम दुख का हो चाहे सुख का हो,
गर्क मुझको शराब में रखना

तुमको पहचानता नहीं कोई,
फिर भी चेहरा नकाब में रखना

वो सामने पहाड़ है हसरत निकाल ले
तेशा नहीं तो फूल का रेशा सँभाल ले

फिर शौक से बढ़ाना इधर दोस्ती का हाथ
पहले तू मुझको अच्छी तरह देखभाल ले

ऐसे तो ख़त्म हो ना सकेगा मुक़ाबला
अब मशविरा यही है के सिक्का उछाल ले

ये लगज़िशें तो मेरी विरासत में आयी हैं
अब तेरा काम है के गिरूँ तो सँभाल ले

फिर रात ले के आयी है तनहाई का फुसूँ
ताज़ा ग़ज़ल के वास्ते मिसरा निकाल ले

आँखों के लफ़्ज़, ज़ुल्फ का झरना, लबों के चाँद
सब फूल तोड़ तोड़ के ग़ज़लों में डाल ले

यारो मुआफ़ मीर का मैं मोतकिद नहीं
ऐसी भी क्या ग़ज़ल जो कलेजा निकाल ले

बेवफ़ा होगा, बावफ़ा होगा,
उससे मिल कर तो देख क्या होगा

बैर मत पालिए चरागों से
दिल अगर बुझ गया तो क्या होगा

सर झुका कर जो बात करता है
तुमसे वो आदमी बड़ा होगा

कहकहे जो लुटा रहा था कभी
वो कहीं छुप के रो रहा होगा

उससे मिलना कहाँ मुक़द्दर है
और जी भी लिए तो क्या होगा

राहत एक शब में हो गये हैं रईस
कुछ फक़ीरों से मिल गया होगा

रास्ता भूल गया क्या इधर आने वाला
अब तो ये सुबह का तारा भी है जाने वाला

याद के फूल को पलकों पे सजा कर रखना
ये मुसाफ़िर है बहुत दूर से आने वाला

आप उस शख़्स से वाकिफ़ तो हैं कम वाकिफ़ हैं
वो मसीहा है मगर ज़ख़्म लगाने वाला

अजनबी शहर से मायूस ना हो चल तो सही
मिल ही जाएगा कोई ज़ख़्म लगाने वाला

जिस्म में साँस थी जब तक वो मुखालिफ़ ही रहा
मेरा दुश्मन था मगर साथ निभाने वाला

मशहूर थे जो लोग समन्दर के नाम से
आँखें मिला ना पाये मेरे खाली जाम से

ए दिल ये बारगाह मोहब्बत की है यहाँ
गुस्ताख़ियाँ भी हों तो बहुत एहतराम से

मुरझा चुके हैं अब मेरी आवाज़ के कँवल
मैंने सदाएँ दी हैं तुझे हर मुकाम से

कुछ कम नहीं हैं तेरे मोहल्ले की लड़कियाँ
आवाज़ दे रही हैं मुझे तेरे नाम से

याद आ रहे हैं मुझको निदा फाज़ली के गीत
मौसम ने दिल में आग लगा दी है शाम से

मेरी आँखों में क़ैद थी बारिश
तुम ना आये तो हो गयी बारिश

आसमानों में खो गया सूरज
नद्दीयों में ठहर गयी बारिश

फूल पर, पत्तियों पे, पलकों पर
कितने मोती सजा गयी बारिश

गाँव में इक मकान भी ना बचा
और सब देखती रही बारिश

तिशनगी ढूँढ़ती है बरसों से
नहर झरना कुआँ नदी बारिश

बीते लम्हों की वो उमस थी के बस
तेरी याद आयी आ गयी बारिश

ठंडे सूरज की छाँव में बैठी
रात भर की थकी हुई बारिश

आपके आते ही मौसम को सदा दी जायेगी
टहनियों को सब्ज़ पत्तों की क़बा दी जायेगी

मुसकुराता जो मिला उसको सजा दी जायेगी
आँसुओं की इस कदर कीमत बढ़ा दी जायेगी

आप अपनी क़ब्र में दब जायेगी काग़ज़ की लाश
और ये दीवार लफ़्ज़ों की गिरा दी जायेगी

सज रहे हैं करवटों के फूल मेरी सेज पर
ये चिता भी सुबह से पहले बुझा दी जायेगी

अपनी आवाज़ें सलामत चाहते हो तो सुनो
कब तलक इन गूँगे बेहरों को सदा दी जायेगी

अब ना मैं वो हूँ, ना बाकी हैं ज़माने मेरे
फिर भी मशहूर हैं शहरों में फ़साने मेरे

ज़िन्दगी है तो नये ज़ख़्म भी लग जायेंगे
अब भी बाकी हैं कई दोस्त पुराने मेरे

आपसे रोज़ मुलाक़ात की उम्मीद नहीं
अब कहाँ शहर में रहते हैं ठिकाने मेरे

उम्र के राम ने साँसों का धनुष तोड़ दिया
मुझ पे एहसान किया आज ख़ुदा ने मेरे

आज जब सो के उठा हूँ तो ये महसूस हुआ
सिसकियाँ भरता रहा कोई सिरहाने मेरे

(अहमद फराज़ के एक मिसरे से तसर्रुफ़ किया गया है)

तू शब्दों का दास रे जोगी
तेरा क्या विश्वास रे जोगी

इक दिन विष का प्याला पी जा
फिर न लगेगी प्यास रे जोगी

ये साँसों का बन्दी जीवन
किसको आया रास रे जोगी

विधवा हो गयी सारी नगरी
कौन चला बनबास रे जोगी

पूर आयी थी मन की नदिया
बह गये सब एहसास रे जोगी

एक पल के सुख की क्या कीमत
दुख हैं बारह मास रे जोगी

बस्ती पीछा कब छोड़ेगी
लाख धरे संन्यास रे जोगी

दूरियाँ पाँव की थकन जैसी
और सियाह रात राहज़न जैसी

मेरे आँगन में आ के ठहरी थी
चाँदनी तेरे ही बदन जैसी

मुद्दतों से तलाश करता हूँ
एक ग़ज़ल तेरे बाँकपन जैसी

एक एक हर्फ़ में मिली मुझको
ख़ूबियाँ सब तेरे दहन जैसी

गम के सेहरा में भागते रहिए
ज़िन्दगी हो गयी हिरन जैसी

कल गुलाबों के साथ फिरती रही
सारी ख़ुशबू तेरे बदन जैसी

सोचता हूँ के इसपे नज़्म कहूँ
एक गुड़िया मेरी बहन जैसी

चन्द लोगों में आज भी राहत
बात है मौलवी मदन जैसी

जो मेरा दोस्त भी है मेरा हमनवा भी है
वो शख़्स सिर्फ़ भला ही नहीं बुरा भी है

मैं पूजता हूँ जिसे उससे बेनियाज़ भी हूँ
मेरी नज़र में वो पत्थर भी है ख़ुदा भी है

सवाल नींद का होता तो कोई बात ना थी
हमारे सामने ख़्वाबों का मसअला भी है

जवाब दे न सका और बन गया दुश्मन
सवाल था के तेरे घर में आईना भी है

ज़रूर वो मेरे बारे में राय दे लेकिन
ये पूछ लेना कभी मुझसे वो मिला भी है

मिले जो वक़्त तो मिलिएगा एक दिन आकर
मेरे बदन में कोई मेरे मासिवा भी है

चेहरे को अपने फूल से कब तक बचायेगा
ये आईना कभी न कभी टूट जायेगा

गुंचे अगर हँसेंगे तो कहलायेगी बहार
मैं मुस्कुरा दिया तो निगाहों में आयेगा

ज़ख़्मों के फूल महकेंगे जब शाम आयेगी
दिन डूबने के साथ ही दिल डूब जायेगा

मासूम पत्तियों का लहू पी के सुर्ख है
ये फूल अब चमन में कोई गुल खिलायेगा

कितनी उदास रात है सरवर को ढूँढ़िये
वो मिल गया तो कोई लतीफा सुनायेगा

एक दिन देखकर उदास बहुत
आ गये थे वो मेरे पास बहुत

ख़ुद से मैं कुछ दिनों से मिल ना सका
लोग रहते हैं आस पास बहुत

अब गरेबाँ बदस्त हो जाओ
कर चुके उनसे इलतेमास बहुत

किसने लिक्खा था शहर का नोहा
लोग पढ़ कर हुए उदास बहुत

अब कहाँ हमसे पीने वाले रहे
एक टेबल पे एक गिलास बहुत

एक तेरे गम ने रेज़ा रेज़ा किया
वरना हम भी थे गम शनास बहुत

ज़ख़्म की ओढ़नी लहू की कमीज़
तन सलामत रहे लिबास बहुत

ख़ुद अपने आपको पहचान लो तो खोलो राज़
निगाह चाहिए ख़ुद आईना है आईना साज़

यही पुराने खंडर हैं हमारी तहज़ीबें
यहीं पे बूढ़े कबूतर हैं और यहीं शहबाज़

यहाँ के लोग तो हाकिम के सामने हैं फकीर
यहाँ न अब कोई महमूद है ना कोई अयाज़

ज़रूर पार उतारेंगे एक दिन हमको
ये आँधियों के समुन्दर ये काग़ज़ों के जहाज़

बिखर भी जाऊँ लबों पर तो खुल नहीं सकता
तेरी नज़र में छुपा है मेरी ग़ज़ल का जवाज़

बुलन्दियों की तलब है तो पस्तियों में चलो
समन्दरों ने छुपाया है परबतों का राज़

मेरी ग़ज़ल मेरे सीने की आग है यारों
मैं कालिदास ना शैले ना हाफ़िज़ और मजाज़

समन्दरों पे कोई शहर बसने वाला है
दिमाग़ सोच की गहराइयों में डूबा है

ये आज राह में पत्थर का ढेर कैसा है
ज़रूर कोई पयंबर इधर से गुज़रा है

अज़ीज़ों आज भी आँखें मेरी वहीं हैं मगर
अब इनमें तुम नहीं रहते हो ख़ून रहता है

जो पत्थरों से बूतों को तराशता था कभी
उस आदमी का सुलूक अब बूतों ही जैसा है

मैं अपने अहद की तारीख़ जब भी पढ़ता हूँ
हर एक लफ़्ज़ मुझे मरसिया सुनाता है

वो मेरी जान का दुश्मन सही मगर राहत
कभी कभी तो मेरे शे'र गुनगुनाता है

जब मैं दुनिया के लिए बेच के घर आया था
उन दिनों भी मेरे हिस्से में सिफ़र आया था

लोग पीपल के दरख़्तों को ख़ुदा कहने लगे
मै ज़रा धूप से बचने को इधर आया था

इत्तिफाक़ ऐसा के मैं घर से ना निकला वरना
ख़ून उस शख़्स की आँखों में उतर आया था

खिड़कियाँ बन्द ना होतीं तो झुलस ही जाता
आग उगलता हुआ सूरज मेरे घर आया था

आईना तोड़ गया फिर कोई आवारा ख़याल
मुश्किलों से तो दुआओं में असर आया था

मेरे माज़ी का खंडर इतना महकता क्यूँ है
हो ना हो कोई ज़रूर आज इधर आया था

मैंने माना के मेरी उम्र है चौदह सौ साल
हाँ मगर इससे भी पहले मैं इधर आया था

तेरी आँखों की हद से बढ़ कर हूँ
दश्त मैं आग का समन्दर हूँ

कोई तो मेरी बात समझेगा
एक क़तरा हूँ और समन्दर हूँ

तोड़ डाला है जिस्म का ज़ीनदाँ
आज मैं अपने घर के बाहर हूँ

झूठ के नर्क में ना डाल मुझे
लोग कहते हैं मैं युधिष्ठिर हूँ

मैं भी इक मुंजमिद सदा हूँ मगर
खैर से गुम्बदों के बाहर हूँ

मेरी गर्दन में भी हैं गम के नाग
मैं भी अपने समय का शंकर हूँ

अब अपने लहज़े में नरमी बहुत ज़्यादा है
नये बरस में नयी जंग का इरादा है

मैं अपनी लाश लिए फिर रहा हूँ काँधों पर
यहाँ ज़मीन की कीमत बहुत ज़्यादा है

ख़बर नहीं के हवा किस तरफ़ उड़ा ले जाये
हमारी नस्ल बिखरता हुआ बुरादा है

महल में ख़ास मसाहिब भी जा नहीं सकते
वहाँ हरम की कनीज़ें हैं शाहज़ादा है

तुम्हारा तरकश ए इल्ज़ाम भी नहीं खाली
हमारा सीना ए अख़लाक भी कुशादा है

अज़ाँ सुनता था लेकिन नींद के दलदल में रहता था
मैं पहले भी मुसलमाँ था मगर बोतल में रहता था

जिसे दे दी दुआ वो कीमती मखमल रहता था
मगर वो ख़ुद हमेशा एक फटे कम्बल में रहता था

मुझे माज़ी की काली नागिनें डसने को आती थीं
मैं पुरखों की हवेली छोड़ के होटल में रहता था

वो दोहरी शहरियत रखता था कोई उससे क्या मिलता
कभी दिल्ली में रहता था कभी चम्बल में रहता था

धुएँ के रंग से शहरों की दीवारों पे लिक्खा है
बहुत महफ़ूज़ था इंसान जब जंगल में रहता था

बन के इक दिन हम ज़रूरतमन्द गिनते रह गये
कितने दरवाज़े हुए हैं बन्द गिनते रह गये

कौड़ियों के मोल ले ली मैंने सारी कायनात
सब मेरी पोशाक के पैबन्द गिनते रह गये

वो अकेला था निहत्था था जो बाज़ी ले गया
और हम अपने जवाँ फ़रज़ंद गिनते रह गये

इतनी दौलत एक भिखारी के यहाँ निकली के बस
शहर के जितने थे दौलतमन्द गिनते रह गये

शाख़ पर जितने थे फल कोई चुरा कर ले गया
और हम अख़लाक के पाबन्द गिनते रह गये

बुज़ुर्ग मट्टी की अज़मत के एतराफ़ में है
ये मकबरा है मगर रेशमी गिलाफ में है

नमाज़ियों के तक़द्दुस पे तंज़ करता था
वो बदमआश कई दिन से एतकाफ़ में है

रफाक़तों के हवाले से ज़िक्र आता है
बड़ा खुलूस तेरे मेरे इख़्तिलाफ़ में है

सवेरे तक तो मुझे बर्फ़ करके रख देगा
अकेलेपन का जो मौसम मेरे लिहाफ़ में है

हैं ख़ुशबुओं के तआक्कुब में रेंगते कछुए
मगर वो मुश्क अभी तक हिरण की नाफ़ में है

धूप समन्दर चेहरा है
मंज़र कितना गहरा है

देख चुके हम सारा शहर
अच्छा खासा सहरा है

मेरी आँखों से देखो
वो चेहरा ही चेहरा है

गन्दुम सब ज़हरीले हैं
ज़ाहिर खेत सुनहरा है

रोने पर ही क़ैद नहीं
हँसने पर भी पहरा है

अपने बयाज़ ए हस्ती में
हर मिसरा बे बेहरा है

दरिया दरिया छान चुके
साहिल सबसे गहरा है

दोनों दोस्त हैं बरसों से
मैं गूँगा वो बेहरा है

फ़ैसले लम्हात के नस्लों पे भारी हो गये
बाप हाकिम था मगर बेटे भिखारी हो गये

देवियाँ पहुँची थीं अपने बाल बिखराए हुए
देवता मन्दिर से निकले और पुजारी हो गये

रोशनी की जंग में तारीकियाँ पैदा हुईं
चाँद पागल हो गया तारे भिखारी हो गये

रख दिये जायेंगे नेज़े लफ़्ज़ और होंठों के बीच
ज़िल्ले सुबहानी के एहकामात जारी हो गये

नर्म नाज़ुक हल्के फुल्के रुई जैसे ख़्वाब थे
आँसुओं में भीगने के बाद भारी हो गये

जंग है तो जंग का मंज़र भी होना चाहिए
सिर्फ़ नेज़े हाथ में हैं सर भी होना चाहिए

हैं धुआँ चारों तरफ़ बीनाई लेकर क्या करूँ
सिर्फ़ आँखें ही नहीं मंज़र भी होना चाहिए

लेके इक मुश्ते ज़मीं उड़ते हो लेकिन सोच लो
आसमाँ के ढाँपने को पर भी होना चाहिए

मसअले कुछ और हैं बे चेहरा लोगों के लिए
आईने काफ़ी नहीं पत्थर भी होना चाहिए

ताना ए आवारगी मुझको ना दो किस्मत को दो
घर तो जा सकता हूँ लेकिन घर भी होना चाहिए

ये ज़िन्दगी किसी गूँगे का ख़्वाब है बेटा
सँभल के चलना के रस्ता ख़राब है बेटा

हमारा नाम लिखा है पुराने किलओं पर
मगर हमारा मुकद्दर ख़राब है बेटा

गुनाह करना किसी बेगुनाह की ख़ातिर
मेरी निगाह में कारे सवाब है बेटा

अब और ताश के पत्तों की सीढ़ियों पे ना चढ़
के इसके आगे ख़ुदा का अज़ाब है बेटा

हमारे सहन की मेहँदी पे है नज़र उसकी
ज़मीनदार की नीयत ख़राब है बेटा

क़तरा क़तरा खूब उछालें गंगा जी
हम प्यासों पर हाथ न डालें गंगा जी

बस्ती वाले सब कुछ देखते रहते हैं
साहिल पर दीवार उठा लें गंगा जी

कैसे कैसे लोगों ने असनान किया
हुक्म मिले तो हम भी नहा लें गंगा जी

हम तो किनारे के पानी में डूबे हैं
देखें कितनी दूर निकालें गंगा जी

सारी दुनिया आपको अमृत कहती है
फूलों पर तेज़ाब ना डालें गंगा जी

मेरा भी नाम खाकनशी रख के भूल जाये
दुनिया मुझे भी ज़ेरे ज़मीं रख के भूल जाये

एक शख़्स तेरे दर से हुकूमत तलब करे
एक शख़्स तेरे दर पे जबीं रख के भूल जाये

वो भूल भूल जाता है हर बात आजकल
ऐसा ना हो के ख़ुद को कहीं रख के भूल जाये

मैं जानता हूँ भूलना आसाँ नहीं मगर
वो मुझको भूलने पे यकीं रख के भूल जाये

उसका यहाँ पे कुछ भी नहीं है उसे कहो
जो चीज़ है जहाँ की वहीं रख के भूल जाये

लम्हा लम्हा जंग है कुछ देर मोहलत चाहिए
साहिबो अच्छी ग़ज़ल कहने को फुर्सत चाहिए

ख़ुदकुशी को बुज़दिली कहना समझ का फेर है
मौत से आँखें मिलाने में भी हिम्मत चाहिए

गालियाँ लिक्खी गयीं अपने ख़ुदाओं के लिए
जिस तरह भी मिल सके लोगों को शोहरत चाहिए

उसकी जब मर्ज़ी हो मुझको लूट सकता है मगर
वो मोहज़्ज़ब है उसे मेरी इजाज़त चाहिए

शायरी आवारगी ख़ुशबू वफ़ा लज़्ज़त शराब
मुख़्तलिफ़ शक्लों में शहज़ादे को औरत चाहिए

जो मंसबों के पुजारी पहन के आते हैं
कुलाह तौक से भारी पहन के आते हैं

अमीर ए शहर तेरी तरह कीमती पोशाक
मेरी गली में भिखारी पहन के आते हैं

यही अक़ीक़ थे शाहों के ताज की ज़ीनत
जो उँगलियों में मदारी पहन के आते हैं

हमारे जिस्म के दागों पे तब्सरा करने
कमीज़ें लोग हमारी पहन के आते हैं

इबादतों का तहफ्फ़ुज़ भी उनके ज़िम्मे है
जो मस्जिदों में सफारी पहन के आते हैं

सब हुनर अपनी बुराई में दिखाई देंगे
ऐब तो बस मेरे भाई में दिखाई देंगे

उसकी आँखों में नज़र आएँगे इतने सूरज
जितने पैबन्द रज़ाई में दिखाई देंगे

हमने अपनी कई सदियाँ यहीं दफनाई हैं
हम ज़मीनों की ख़ुदाई में दिखाई देंगे

ज़िक्र रिश्तों के तहफ्फुज़ का जो निकलेगा तो हम
राजपूतों की कलाई में दिखाई देंगे

और कुछ रोज़ है झीलों पे सुलगती हुई रेत
सब्ज़ मंज़र भी जुलाई में दिखाई देंगे

मस्जिद खाली खाली है
बस्ती में कव्वाली है

हम जैसों से खाली है
दुनिया किस्मत वाली है

नूर जहाँ है पहलू में
दिल में सब्ज़ी वाली है

माज़ी हो या मुस्तकबिल
अपनी वही बेहाली है

दरिया फिर भी दरिया है
जग ने प्यास बुझा ली है

दुनिया पहले पत्थर थी
हमने मोम बना ली है

साया साया ढूँढ़ उसे
जिसने धूप निकाली है

कुछ तब्दीली हो यारो
बरसों से ख़ुशहाली है

वो एक एक बात पे रोने लगा था
समन्दर आबरू खोने लगा था

लगे रहते थे सब दरवाज़े फिर भी
मैं आँखें खोल कर सोने लगा था

चुराता हूँ अब आँखें आईनों से
ख़ुदा का सामना होने लगा था

वो अब आईने धोता फिर रहा है
उसे चेहरे पे शक होने लगा था

मुझे अब देख कर हँसती है दुनिया
मैं सबके सामने रोने लगा था

मेरे कारोबार में सबने बड़ी इमदाद की
दाद लोगों की गला अपना ग़ज़ल उस्ताद की

अपनी साँसें बेच कर मैंने जिसे आबाद की
वो गली जन्नत तो अब भी है मगर शद्दाद की

उम्र भर चलते रहे आँखों पे पट्टी बाँध कर
ज़िन्दगी को ढूँढ़ने में ज़िन्दगी बर्बाद की

दास्तानों के सभी किरदार गुम होने लगे
आज काग़ज़ चुनती फिरती है परी बगदाद की

एक सुलगता चीखता माहौल है और कुछ नहीं
बात करते हो यगाना किस अमीनाबाद की

मेरे मरने की ख़बर है उसको
जाने किस बात का डर है उसको

बन्द रखता है वो आँखें अपनी
शाम की तरह सहर है उसको

मैं किसी से भी मिलूँ कुछ भी करूँ
मेरी नीयत की ख़बर है उसको

भूल जाना भी उसे सहल नहीं
याद रखना भी हुनर है उसको

मंज़िलें साथ लिए फिरता है
कितना दुश्वार सफ़र है उसको

क्यूँ भड़क उठता है जलते जलते
कुछ हवाओं का असर है उसको

अब वो पहला सा नज़र आता नहीं
ऐसा लगता है नज़र है उसको

मैं लाख कह दूँ के आकाश हूँ ज़मीं हूँ मैं
मगर उसे तो ख़बर है के कुछ नहीं हूँ मैं

अजीब लोग हैं मेरी तलाश में मुझको
वहाँ पे ढूँढ़ रहे हैं जहाँ नहीं हूँ मैं

मैं आईनों से तो मायूस लौट आया था
मगर किसी ने बताया बहुत हसीं हूँ मैं

वो ज़र्रे ज़र्रे में मौजूद है मगर मैं भी
कहीं कहीं हूँ, कहाँ हूँ? कहीं नहीं हूँ मैं

वो एक किताब जो मंसूब तेरे नाम से है
उसी किताब के अन्दर कहीं कहीं हूँ मैं

सितारो आओ मेरी राह में बिखर जाओ
ये मेरा हुक्म है हालाँकि कुछ नहीं हूँ मैं

कहाँ वो ख़्वाब महल ताजदारियों वाले
कहाँ ये बेलचों वाले तगारियों वाले

कभी मचान से नीचे उतर के बात करो
बहुत पुराने हैं क़िस्से शिकारियों वाले

मुझे ख़बर है के मैं सल्तनत का मालिक हूँ
मगर बदन पे हैं कपड़े भिखारियों वाले

ग़रीब क़स्बों में अक्सर दिखाई देते हैं
नये शिवाले पुराने पुजारियों वाले

ज़मीं पे रेंगते फिरने की हमको आदत है
हमारे साथ ना आयें सवारियों वाले

अदब कहाँ का के हर रात देखता हूँ मैं
मुशायरे में तमाशे मदारियों वाले

मेरी बहार मेरे घर के फूलदान में है
खिले हैं फूल हरी पीली धारियों वाले

हर क़दम पे काम अपनी जाँ निसारी आयेगी
दोस्तों के बाद फिर दुश्मन की बारी आयेगी

देखना ये है के इस बाज़ार का मालिक है कौन
पूछना ये है, के क्या कीमत हमारी आयेगी?

रास्तों पर खौफ़ तारी है मनाज़िर धुंद है
आज इस बस्ती में राजा की सवारी आयेगी

तेशा बरदारों समन्दर भी है इस परबत के बाद
दिन तो ज्यों त्यों कट चुका है रात भारी आयेगी

आज तेरी ज़द पे हूँ बच कर ना जाने दे मुझे
वरना तेरे बाद फिर मेरी ही बारी आयेगी

कहीं लिबास की सूरत उतार दे मुझको
अज़ाब ए रूह कोई इख़्तियार दे मुझको

मैं गर्द गर्द हूँ ख़ुद को ना देख पाऊँगा
तू आईना है तो आकर सँवार दे मुझको

अलिफ से ये तलक एक एक हर्फ दुश्मन है
वो हमसुखन ही नहीं है जो प्यार दे मुझको

मैं तुझको रोशनियाँ दे के जाऊँगा एक दिन
अँधेरी रात समझ कर गुज़ार दे मुझको

वो मुझसे कह के गया है के लौट आऊँगा
मेरे अज़ीम ख़ुदा एतबार दे मुझको

ना मुआफिक मेरे अन्दर की फ़ज़ा कैसी है
टूट जाने की बिखरने की सदा कैसी है

गुल खिलाने को है मौसम कोई ताज़ा इस बार
बाद ए सर सर की तरह बाद ए सबा कैसी है

कुछ लकीरें सी हवाओं पे बना दीं उसने
मैंने पूछा था के तस्वीर ए ख़ुदा कैसी है

दिल का आईना यहीं घर में छुपा कर निकलो
लोग तो सिर्फ़ ये देखेंगे क़बा कैसी है

ये कहाँ ले के चले आये हो पलकों के चिराग
तुमको मालूम नहीं है के हवा कैसी है

सुलह करते हैं के जीने का हुनर जानते हैं
वरना हम जंग के मैदान को घर जानते हैं

ये अलग बात के पस्ती में पड़े हैं वरना
चाँद तारों को तो हम राहगुज़र जानते हैं

कोई आँगन है दरीचा है ना गुलदान ना फूल
लोग दीवारें उठा लेने को घर जानते हैं

फूल की शाख पे लिख भेजो के ए दुश्मन ए अम्न
हम भी तलवार चलाने का हुनर जानते हैं

मेरे अल्लाह मेरी तौबा को कायम रखना
कुछ शराबी हैं जो अब भी मेरा घर जानते हैं

इश्क़ ने गूँथे थे जो गजरे नुकीले हो गये
तेरे हाथों में तो ये कंगन भी ढीले हो गये

फूल बेचारे अकेले रह गये हैं शाख़ पर
गाँव की सब तितलियों के हाथ पीले हो गये

परबतों पर बर्फ़ चमकी खेत में मोती उगे
मौसमों की चोलियों के बन्द ढीले हो गये

क्या ज़रूरी है करें विषपान हम शिव की तरह
सिर्फ़ जामुन खा लिए और होंठ नीले हो गये

इंक़लाब अब कौनसे रस्ते से आये क्या खबर
कल जहाँ पर खन्दकें थीं, आज टीले हो गये

और कितनी नफ़रतें बोएगी ये बूढ़ी ज़मीं,
जितने घर थे गाँव में उतने कबीले हो गये

जो दे रहे हैं तुम्हें फल पके पकाये हुए
ये पेड़ तुमको मिले हैं लगे लगाये हुए

हमारे मुल्क में खादी की बरकतें हैं मियाँ
चुने चुनाये हैं सारे छँटे छँटाये हुए

ज़मीर इनके बड़े दागदार निकलेंगे
ये फिर रहे हैं जो चेहरे धुले धुलाये हुए

ये क्या ज़रूरी है ग़ज़लें भी ख़ुद लिखी जाएँ
खरीद लाएँगे कपड़े सिले सिलाये हुए

ज़मीन ओढ़ के सोये हैं सारी दुनिया में
ना जाने कितने सिकन्दर थके थकाये हुए

उसकी कत्थई आँखों में हैं, जंतर मंतर सब
चाकू वाकू, छुरियाँ वुरियाँ, खंजर वंजर सब

मुझसे बिछड़ कर वो भी कहाँ अब पहले जैसी है
फीके पड़ गये कपड़े वपड़े, ज़ेवर वेवर सब

जिस दिन से तुम रूठीं मुझसे रूठे रूठे हैं
चादर वादर, तकिया वकिया, बिस्तर विस्तर सब

जाने मैं किस दिन डुबूँगा फिकरें करते हैं
दरिया वरिया, कश्ती वश्ती, लंगर वंगर सब

इश्क विश्क के सारे नुस्ख़े मुझसे सीखते हैं
ताहिर वाहिर, मंज़र वंज़र, जौहर वोहर सब

निशाने चूक गये सब, निशान बाकी है
शिकारगाह में खाली मचान बाकी है

ये अलग बात के अब ख़ुशबुएँ नहीं लेकिन
हमारे ताक में एक इत्रदान बाकी है

फिर एक बच्चे ने लाशों के ढेर पर चढ़कर
ये कह दिया के अभी खानदान बाकी है

ज़मीन दूर है और आस पास कोई नहीं
मैं किससे से पूछूँ के कितनी उड़ान बाकी है

अदालतों को अभी इन्तज़ार है उसका
वो जिस गवाह के मुँह में ज़ुबान बाकी है

कश्मीर

धुआँ-धुआँ...
धुआँ-धुआँ...
धुआँ-धुआँ, धुआँ ही धुआँ...

ये साजिशें दिशाओं की, ये साजिशें हवाओं की,
लहूलुहान हो गयी ज़मीं ये देवताओं की,
ना शंख की सदाएँ हैं, ना अब सदा अज़ान की
नज़र मेरी ज़मीन को लगी है आसमान की
हैं दर बदर ये लोग क्यूँ जले हैं क्यूँ मकाँ
धुआँ-धुआँ, धुआँ ही धुआँ...

ये किसने आग डाल दी है, नर्म नर्म घास पर,
लिखा हुआ है ज़िन्दगी यहाँ हर एक लाश पर
ये तख्त की लड़ाई है, ये कुर्सियों की जंग है
ये बेगुनाह ख़ून भी सियासतों का रंग है
लकीर खेंच दी गयी दिलों के दरमियाँ
धुआँ-धुआँ, धुआँ ही धुआँ...

आवाज़ की सालगिरह

लता मंगेशकर की पचहत्तरवीं सालगिरह पर कही गयी नज़्म

धनक है, रंग है, एहसास है की ख़ुशबू है
चमक है, नूर है, मुस्कान है के आँसू है
मैं नाम क्या दूँ उजालों की इन लकीरों को,
खनक है रक्स है आवाज़ है के जादू है

जो लब हिलें तो ज़माने धड़कने लगते हैं
सुरों के सात कटोरे छलकने लगते हैं
वो तान है की हवाएँ ठहर सी जाती हैं
वो मुरकियाँ के कलेजे थिरकने लगते हैं

जो छेड़ दे कोई नगमा तो खिल उठें तारे
हवा में उड़ने लगें रोशनी के फव्वारे
आलाप सुनते ही नज़रों में तैर जाते हैं
दुआएँ करते हुए मस्जिदों के मीनारे

जो गुनगुनाये तो दरिया में हलचलें आ जायें
किरण किरण में कलियों की कोपलें आ जायें
चहक उठें कभी आवाज़ के उतार चढ़ाव
तो पाँव चूमने बाग़ों से कोयलें आ जायें

खरज की रागिनियों की सुरों की ताल की हो
रखब की ठुमरी की गान्धार की ख़याल की हो
यही दुआ मेरे गीतों के शब्द शब्द की है
के तेरी उम्र पचहत्तर हज़ार साल की हो...

नया साल

एक ख़्वाब जो गुज़रा है अभी पिछले बरस का
आतंक का घपलों का जुलूसों का हवस का
हर रंग से एक रंग नया झाँक रहा है
सैलाब का तूफ़ान का बारिश का उमस का

ये रेंगते मौसम ये खिसकते हुए दिन रात
ये बदली हुई दुनिया बदलते हुए हालात
एक टूटे हुए चाक पे हम घूम रहे हैं
मालूम नहीं अब के अज़ाब आये या सौगात

दीवार के ख़ुशरंग कलेंडर ख़ुदा हाफ़िज़
ए जाते हुए माह दिसम्बर ख़ुदा हाफ़िज
आँखें नयी उम्मीद लिए चीख रही हैं
ए उम्र के चलते हुए चक्कर ख़ुदा हाफिज

भूचाल अगर आये तो भूचाल मुबारक
जंजाल अगर आये तो जंजाल मुबारक
बारूद के एक ढेर पे बैठे हुए हम लोग
किस धूम से कहते हैं नया साल मुबारक...

पानी

बादल बादल सन्नाटा है, नदी नदी वीरानी
पानी, पानी, पानी...

आँखों आँखों प्यास लिखी है, कौन कहानी बाँचे,
सावन ने संन्यास ले लिया, मोर कहाँ से नाचे...
जोगी झरने, विधवा झीलें, दुश्मन बरखा रानी
पानी, पानी, पानी...

पनघट पनघट छाती पीटे, रोये गागर गागर
हाँफ रहा है, पंख पसारे, गर्म रेत का सागर...
पुरवाई के नर्म परों पर, धूप की है निगरानी
पानी, पानी, पानी...

आँखों से भी रूठ चुकी है अब तो बूँदा बाँदी,
पानी बाबा जाने किस दिन आएँगे लेकर चाँदी..
कब तक मेरे देस में होगी सूरज की मनमानी
पानी, पानी, पानी...

फ़सलें खाली हाथ खड़ी हैं, पाँव जले मौसम के
अब तो किरपा करो राम जी, घन घन बरसो जम के,
धरती माँ की मोरी चुनरिया, होगी अब तो धानी
पानी, पानी, पानी...

क़तआत

कभी महक की तरह हम गुलों से उड़ते हैं,
कभी धुएँ की तरह परबतों से उड़ते हैं,
ये कैंचियाँ हमें उड़ने से खाक रोकेंगी,
के हम परों से नहीं हौसलों से उड़ते हैं....

लाल पीले कई रंगों के अलम आएँगे
और आख़िर में यही होगा के हम आएँगे
इस बरस हमने ज़मीनों में धुआँ बोया है
फल नहीं आएँगे अब शाखों पे बम आएँगे

जवानियों में जवानी को धूल करते हैं
जो लोग भूल नहीं करते भूल करते हैं
अगर अनारकली है सबब बगावत का
सलीम हम तेरी शर्तें कुबूल करते हैं

बनके एक हादसा बाज़ार में आ जायेगा
जो नहीं होगा वो अख़बार में आ जायेगा
चोर उचक्कों की करो कद्र के मालूम नहीं
कौन कब कौन सी सरकार में आ जायेगा

हर एक हर्फ का अन्दाज़ बदल रक्खा है
आज से हमने तेरा नाम ग़ज़ल रक्खा है
मैंने शाहों की मोहब्बत का भरम तोड़ दिया
मेरे कमरे में भी एक ताजमहल रक्खा है

मेरी साँसों में समाया भी बहुत लगता है
और वही शख़्स पराया भी बहुत लगता है
उससे मिलने की तमन्ना भी बहुत है लेकिन
आने जाने में किराया भी बहुत लगता है

लवें दीयों की हवा में उछालते रहना
गुलों के रंग पे तेज़ाब डालते रहना
मैं नूर बन के ज़माने में फैल जाऊँगा
तुम आफताब में कीड़े निकालते रहना

सारी क़दरें ही सियासत में बदल डाली हैं
हाथ अब कोई मिलाता है तो डर लगता है
पहले काँटों को भी आँखों से लगा लेता था
अब कोई फूल भी लाता है तो डर लगता है

नये सफ़र का नया इन्तज़ाम कह देंगे
हवा को धुप, चरागों को शाम कह देंगे
किसी से हाथ भी छूप कर मिलाइये वरना
इसे भी मौलवी साहब हराम कह देंगे

जवान आँखों के जुगनू चमक रहे होंगे
अब अपने गाँव में अमरूद पक रहे होंगे
भुला दे मुझको मगर, मेरी उँगलियों के निशाँ
तेरे बदन पे अभी तक चमक रहे होंगे

तूफ़ानो से आँख मिलाओ, सैलाबों पे वार करो
मल्लाहों का चक्कर छोड़ो, तैर के दरिया पार करो
फूलों की दुकानें खोलो, ख़ुशबू का व्यापार करो
इश्क़ ख़ता है, तो ये ख़ता एक बार नहीं, सौ बार करो

हर सुबह है वही मातम दर ओ दीवार के साथ
कितनी लाशें मेरे घर आएँगी अख़बार के साथ
आज वो चुप हैं जो पहले बहुत बोलते थे
लोग समझौता किए बैठे हैं सरकार के साथ

आँखों में बहुत क़ैद किए फिरते हो आँसू
एक रोज़ ये पानी भी गुज़र जायेगा सर से
एक रोशनी हर वक़्त सदा देती है मुझको
गौतम की तरह मैं भी निकल जाऊँगा घर से

फसीले शहर मेरे क़द से कुछ ज़्यादा नहीं
मगर अभी तो सफ़र का कोई इरादा नहीं
मैं चाहता हूँ तेरे बारे में भी लिखूँ मगर
किताब ए जीस्त का कोई वरक भी सादा नहीं

फिर उस गली की तरफ़ ख़ुद ब ख़ुद उठे हैं कदम
जहाँ से रोज़ नये ज़ख़्म खा के आते हैं
पराई आग बुझाने को जा रहे हैं लोग
अभी सब अपनी हथेली जला के आते हैं

साँसें हैं हवादीस हैं मोहब्बत है वफ़ा है
ये फ़ैसला मुश्किल है के हम किसके लिए हैं
गुस्ताख़ ना समझो तो मुझे इतना बता दो
अपनों पे सितम हैं तो करम किसके लिए हैं

उम्रों की धूप जिस्म का दरिया सुखा गयी
हैं हम भी आफताब मगर ढल रहे हैं हम
साँसों की सीढ़ियों से उतर आयी ज़िन्दगी
बुझते हुए दिए की तरह जल रहे हैं हम

ये किस जहाँ में छोड़ गयी तेरी आरज़ू
अब आरज़ू नहीं के कोई आरज़ू करें
फुर्सत कभी मिले तो मेरी सिम्त आइयो
ए ज़िन्दगी के तुझसे कोई गुफ़्तगू करें

ये अलग बात, के ख़ामोश खड़े रहते हैं
फिर भी जो लोग बड़े हैं, वो बड़े रहते हैं
ऐसे दरवेशों से मिलता है हमारा शिजरा
जिनके जूतों में कई ताज पड़े रहते हैं

शहरों में तो बारूदों का मौसम है
गाँव चलो ये अमरूदों का मौसम है
सूख चुके हैं सारे फूल फ़रिश्तों के
बाग़ों में अब नमरूदों का मौसम है

आसमाँ अपने घराने में रखा जाता है
और हमें आखरी खाने में रखा जाता है
ख़ुद को आँखों में सजाए हुए निकला ना करो
कीमती माल खज़ाने में रखा जाता है

घरों के धँसते हुए मंज़रों में रक्खे हैं
बहुत से लोग यहाँ मकबरों में रक्खे हैं
हमारे सर की फटी टोपियों पे तंज़ ना कर
हमारे ताज अजायब घरों में रक्खे हैं

जो तौर है दुनिया का उसी तौर से बोलो
बेहरों का इलाका है ज़रा ज़ोर से बोलो
दिल्ली से हमीं बोला करें अम्न की बोली
यारो कभी तुम लोग भी लाहौर से बोलो

नीले, पीले, ऊदे, भूरे, काले हैं
सब अपने ही ज़हर से मरने वाले हैं
हमको क़तरा कहकर हँसना ठीक नहीं
यार समन्दर हम भी पानी वाले हैं

आप ही दूल्हा आप बाराती ज़िन्दाबाद
जितने साथी सब खैराती ज़िन्दाबाद
दिन दो दिन और, ये पागल फ़ौजें हैं
पोरस के ये पीले हाथी ज़िन्दाबाद

अपनी पहचान मिटाने को कहा जाता है
बस्तियाँ छोड़ के जाने को कहा जाता है
पत्तियाँ रोज़ गिरा जाती है ज़हरीली हवा
और हमें पेड़ लगाने को कहा जाता है

मेरे घर तक जो मेरी ताक में आ जाते हैं
चन्द कीड़े मेरी मिस्वाक में आ जाते हैं
इन दहाड़ों में कोई दम नहीं, डर मत जाना
भेड़िये शेर की पोशाक में आ जाते हैं

जो वाक़िया है उसे वाकई में रहना है
ये बाँकपन तो मेरी शायरी में रहना है
तुझे गुरूर के तेरी यहाँ हुकूमत है
मुझे भी ज़िद के इसी बम्बई में रहना है

दिल जो तेरा आईना है, तोड़ डाला जायेगा
आज इस मस्जिद से इक काफिर निकाला जायेगा
ये पता कर लीजिए दुश्मन का दुश्मन कौन है
अब इसी काँटे से ये काँटा निकाला जायेगा

ज़ुबाँ तो खोल नज़र तो मिला जवाब तो दे
मैं कितनी बार लूटा हूँ मुझे हिसाब तो दे
तेरे बदन की लिखावट में है उतार चढ़ाव
मैं तुझको कैसे पढ़ूँगा मुझे किताब तो दे

कल तक दर दर फिरने वाले, घर के अन्दर बैठे हैं
और बेचारे घर के मालिक, दरवाज़े पर बैठे हैं
खुल जा सिम सिम, याद है किसको, कौन कहे और कौन सुने?
गूँगे बाहर चीख़ रहे हैं, बहरे अन्दर बैठे हैं

□□